幼兒全語文階梯故事系列

愛護大自然

袁妙霞 著
野人 繪

今天天氣很好，河馬叔叔決定帶大家到郊外遊玩。

他們來到小溪邊，聽到嘩啦的流水聲。
小鴨子說：「流水聲真好聽！」

他們來到樹叢中，看見不同的樹木。
小狐狸說：「樹木真好看！」

他們來到小山上，享受涼爽的清風。
小兔子說：「清風真涼快！」

他們在一片青綠的草地上野餐。
河馬叔叔說：「大自然真美麗！」

回程了，河馬叔叔說：「我把你們帶走，你們要把什麼帶走呢？」

大家一起高聲答道：「我們要把垃圾帶走。」

導讀活動

進行方法：

❶ 讀故事前，請伴讀者把故事先看一遍。
❷ 引導孩子觀察圖畫，透過提問和孩子本身的生活經驗，幫助孩子猜測故事的發展和結局。
❸ 利用重複句式的特點，引導孩子閱讀故事及猜測情節。如有需要，伴讀者可以給予協助。
❹ 最後，請孩子把故事從頭到尾讀一遍。

1. 圖中的動物來到什麼地方？他們在做什麼呢？
2. 請把書名讀一遍。

1. 從圖中看來，今天的天氣怎樣？這麼好的天氣，適宜做什麼活動呢？
2. 動物們要到郊外去，你猜誰是帶領者，誰是跟隨者？

1. 他們來到什麼地方？
2. 小鴨子把一隻手放到耳邊，你猜他在聽什麼聲音呢？他覺得流水聲好聽嗎？

1. 他們來到什麼地方？這裏周圍都長滿什麼？
2. 小狐狸抬頭看什麼呢？他覺得樹木好看嗎？

1. 他們又來到什麼地方？這裏涼快嗎？你是怎樣知道的？
2. 從小兔子的表情看來，他覺得涼風吹來時舒服嗎？

1. 他們現在來到什麼地方？
2. 他們在草地上做什麼？他們帶了什麼食物來野餐呢？
3. 河馬叔叔很喜歡接近大自然。從他的表情看來，他覺得大自然美麗嗎？

1. 他們野餐完了嗎？你是怎樣知道的？
2. 河馬叔叔要帶大家回家了。他手上拿着什麼呢？你猜這東西是用來做什麼的？

1. 你猜對了嗎？小動物們合作嗎？
2. 為什麼河馬叔叔要把垃圾帶走呢？除了把垃圾帶走外，要愛護大自然，我們還可以怎樣做呢？

說多一點點

唐詩 江雪

作者：柳宗元

千山鳥飛絕，
萬徑[①]人蹤滅。
孤舟蓑[②]笠[③]翁，
獨釣寒江雪。

唐詩 靜夜思

作者：李白

牀前明月光，
疑是地上霜。
舉頭望明月，
低頭思故鄉。

① 徑：小路。
② 蓑：蓑衣。用草或棕櫚葉做成的雨具。蓑，粵音梳。
③ 笠：用竹子做成的帽子。

字卡

玩法

❶ 把字卡全部排列出來，伴讀者讀出字詞，請孩子選出相應的字卡。
❷ 請孩子自行選出多張字卡，讀出字詞並口頭造句。

請沿虛線剪出字卡。

愛護	大自然	小溪
嘩啦	流水	樹叢
涼爽	清風	青綠
草地	野餐	垃圾

幼兒全語文階梯故事系列
第3級（中階篇）

《愛護大自然》

幼兒全語文階梯故事系列
第3級（中階篇）
《愛護大自然》
©園丁文化

幼兒全語文階梯故事系列
第3級（中階篇）
《愛護大自然》
©園丁文化

幼兒全語文階梯故事系列
第3級（中階篇）
《愛護大自然》
©園丁文化

幼兒全語文階梯故事系列
第3級（中階篇）
《愛護大自然》
©園丁文化

幼兒全語文階梯故事系列
第3級（中階篇）
《愛護大自然》
©園丁文化

幼兒全語文階梯故事系列
第3級（中階篇）
《愛護大自然》
©園丁文化

幼兒全語文階梯故事系列
第3級（中階篇）
《愛護大自然》
©園丁文化

幼兒全語文階梯故事系列
第3級（中階篇）
《愛護大自然》
©園丁文化

幼兒全語文階梯故事系列
第3級（中階篇）
《愛護大自然》
©園丁文化

幼兒全語文階梯故事系列
第3級（中階篇）
《愛護大自然》
©園丁文化

幼兒全語文階梯故事系列
第3級（中階篇）
《愛護大自然》
©園丁文化